Colecção Literatura de Macau

澳門基金會
FUNDAÇÃO MACAU
中华文学基金会

·诗集·

滴水集

李观鼎 / 著

作家出版社

澳门文学丛书

我钦敬洞穿顽石的滴水，那是一种境界，一种持之以恒的专一。

——题记

总 序

值此“澳门文学丛书”出版之际，我不由想起 1997 年 3 月至 2013 年 4 月之间，对澳门的几次造访。在这几次访问中，从街边散步到社团座谈，从文化广场到大学讲堂，我遇见的文学创作者和爱好者越来越多，我置身于其中的文学气氛越来越浓，我被问及的各种各样的问题，也越来越集中于澳门文学的建设上来。这让我强烈地感觉到：澳门文学正在走向自觉，一个澳门人自己的文学时代即将到来。

事实确乎如此。包括诗歌、小说、散文、评论在内的“澳门文学丛书”，经过广泛征集、精心筛选，目前收纳了多达四十八部著作，暂分两批出版。这一批数量可观的文本，是文学对当代澳门的真情观照，是老中青三代写作人奋力开拓并自我证明的丰硕成果。由此，我们欣喜地发现，一块与澳门人语言、生命和精神紧密结合的文学高地，正一步一步地隆起。

在澳门，有一群为数不少的写作人，他们不慕荣利，不怕寂寞，在沉重的工作和生活的双重压力下，心甘情愿地挤出时间来，从事文学书写。这种纯业余的写作方式，完全是出于一种兴趣，一种热爱，一种诗意追求的精神需要。惟其如此，他们的笔触是自由的，体现着一种充分的主体性；他们的喜怒哀乐，他们对于社会人生和自身命运的思考，也是恳切的，流淌着一种发自肺腑的真诚。澳门众多的写作人，就这样从语言与生活的密切关联里，坚守着文学，坚持文学书写，使文学的重要性在心灵深处保持不变，使澳门文学的亮丽风景得以形成，从而表现了澳门人的自尊和自爱，真是弥足珍贵。这情形呼应着一个令人振奋的现实：在物欲喧嚣、拜金主义盛行的当下，在视听信息量极大的网络、多媒体面前，学问、智慧、理念、心胸、情操与文学的全部内涵，并没有被取代，即便是在博彩业特别兴旺发达的澳门小城。

文学是一个民族的精神花朵，一个民族的精神史；文学是一个民族的品位和素质，一个民族的乃至影响世界的智慧和胸襟。我们写作人要敢于看不起那些空心化、浅薄化、碎片化、一味搞笑、肆意恶搞、咋咋呼呼迎合起哄的所谓“作品”。在我们的心目中，应该有屈原、司马迁、陶渊明、李白、杜甫、王维、苏轼、辛弃疾、陆游、关汉卿、王实甫、汤显祖、曹雪芹、蒲松龄；应该有莎士比亚、歌德、雨果、巴尔扎克、普希金、托尔斯泰、陀思妥耶夫斯基、罗曼·罗兰、马尔克斯、艾略特、卡夫卡、乔伊斯、福克纳……他们才是我们写作人努力学习，并奋力追赶和超越的标杆。澳门文学成长的过程中，正不断地透露出这种勇气和追求，这让我对她的健康发展，充满了美好的期待。

毋庸讳言，澳门文学或许还存在着这样那样的不足，甚至或许还显得有些稚嫩，但正如鲁迅所说，幼稚并不可怕，不腐败就好。澳门的朋友——尤其年轻的朋友要沉得住气，静下心来，默默耕耘，日将月就，在持续的辛劳付出中，去实现走向世界的过程。从“澳门文学丛书”看，澳门文学生态状况优良，写作群体年龄层次均衡，各种文学样式齐头并进，各种风格流派不囿于一，传统性、开放性、本土性、杂糅性，将古今、中西、雅俗兼容并蓄，呈现出一种丰富多彩而又色彩各异的“鸡尾酒”式的文学景象，这在中华民族文学画卷中颇具代表性，是有特色、有生命力、可持续发展的文学。

这套作家出版社版的文学丛书，体现着一种对澳门文学的尊重、珍视和爱护，必将极大地鼓舞和推动澳门文学的发展。就小城而言，这是她回归祖国之后，文学收获的第一次较全面的总结和较集中的展示；从全国来看，这又是一个观赏的橱窗，内地写作人和读者可由此了解、认识澳门文学，澳门写作人也可以在更广远的时空里，听取物议，汲取营养，提高自信力和创造力。真应该感谢“澳门文学丛书”的策划者、编辑者和出版者，他们为澳门文学乃至中国文学建设，做了一件十分有意义的事。

是为序。

2014.6.6

目　录
CONTENTS

上　编

下　编

序一：寓意深远的“滴水”

谢　冕

李观鼎在北大读书时，就是很活跃的校园诗人。四十年过去了，他的工作环境有了很大的变化，且又长期居住在澳门，而他对诗的倾心始终不改。如今寄来的这一沓诗稿，便是明证。我怀着欣慰的心情一边读他的诗，一边想起了当年我们在北大的相处，以及越久越浓的友谊，心中竟有无限的欢愉。他对诗的这种专注，使我想起他吟咏比萨塔的精彩诗句：“令人动情的是，数百年如一日的倾心。”这种比喻也可以用来说明他对诗的一往情深。

李观鼎受业于名校，又有很深的家世渊源，如今又在大学执教，他的诗无疑有着很深的文化意蕴。由于长期生活在澳门，当然也融进了浓郁的澳门风情。在澳门这个商业社会中，生活总是紧张匆忙。人们为了谋生总要付出很多心力，应付各种世间之事，留给文学写作的时间总是很少。李观鼎能够闹中取静，在紧张的工作之余没放下他作为作家的笔，这是非常不容易的。学术随笔他写了不少，已有专辑问世。这些年也在坚持写诗，现在《滴水集》就要结集出版了，真是让人惊喜。

我是教育界中人，这些年也常在文学界打打边鼓。平时教学研究应付诸种事务，总觉时间不够用。时有文学方面的约稿，也很能引发兴趣和冲动。但教务缠身，常恨分身乏术，于是多半荒疏了文学方面的事。我以为做学问主要是理性中事，而文学创作则主要是感性中事。二者好比是两部机器，其中一部开着的时候，另一部必须关闭，反之亦然。当然，这是常人心态。学界中也有人例外，他们常能一心二用，而且各不相扰。对于这种教学、写作两不误的人，我私心极为倾慕，认为是一种有“特异功能”的高人。李观鼎可算是这类人中颇有成绩的一位。

集名“滴水”，寓意深远。汇滴水可为江河，一滴水还可窥见太阳的全部光辉。这集名也与所收诗的风格相吻合，大体总是短制，具随感性，即景吟咏，因小见大，能以精短的篇章，寄寓人生的繁复。“童年篇”充满了童趣，如《鬼戏》:“越看越怕／越怕越看／渐渐在梦里替冤鬼流泪／爸说我长大了”；再如《梅》:“深刻的美／狂风大雪也／扑不灭。”则写的是人的节操;《蓝天》:“为了豁显／闪电的光华／她悄悄地退到／厚厚的云层里。”说的是一种境界。

从李观鼎这些诗的写作中，可以看到紧张生活留在他创作中的痕迹。这些诗的构思多起于一个稍大的母题，一题下来，再分若干子题。如母题为“风物”下面则再分比萨塔、大本钟、卢浮宫、巴黎圣母院、金字塔、长城、泰山等。这样，在一个总题目下，再分若干散点，在一个时段里完成预定的计划。这样的写作有一个好处，即能够充分利用零星的时间，完成一个较为整体的系统。也算是集腋成裘，是适应繁忙环境而找到的一种有计划的写作方式。每一个散点好比一个独奏，许多点合起来，就成了具有整体感的合唱曲。

李观鼎的这些小诗，继承了“五四”时代小诗运动的成果，是冰心《春水》《繁星》诗体的延续。这种诗体便于从小场面中涵容大的意义，精巧、隽永、含蓄。篇什短小，一般两三行，多则四行，大抵只是一两句话。断行、空隙、富跳跃性，从而给想象留下广阔的空间。李观鼎也写一些较长的诗，但数量少一些。他的诗，体现着学者兼诗人的胸襟和抱负，是他的人格和情操的诗意展现。《落叶礼赞》："刚刚结束秋的事业/就去追赶春的脚步"。短短一句，尽情地表达了积极的人生态度，简朴的传达，远胜过那些矫揉造作的冗长繁琐。

1999年4月20日于北京大学畅春园

序二：李观鼎的诗变

孙绍振

五十年代末，在北京大学读书的时候，李观鼎就是我的诗友。那时的诗和现在的不大相同，不是诉诸个人，而是诉诸群众的。我最深刻的记忆是，写好了诗拿到广场上，到集会上去朗诵。观鼎那时，意气风发，不但着迷于写诗，而且热衷于朗诵。不单是在通常的朗诵会上，而且是在劳动的工地上，在走向田野的征途中。那时的诗作，真是火热的，但是，今天看来，留在文字上的已经失去了当年的色彩，绝对丧失了记忆中的那种热烈。

为什么在那么热烈的现场，那么真诚的梦想，变成文字以后，在经过时间汰洗以后，竟变得那么单薄，那么苍白？浪漫的真情并不虚假，为什么那样难以留在纸上化为永恒？那么鲜活的心灵的震荡，为什么还不及一块砖石那样经得起时间的考验？其间包含着艺术的奥秘，可能要留待不同流派的文学理论家们长期的争辩。

但是，有一点是不容置疑的，经历了差不多二三十年以后，观鼎的诗风变了。主要的表现是，他不再像青年时代那样，热衷于情感的宣泄了。

他像同时代的诸多诗人那样变得冷峻起来了，不但不那么乐于袒露自己太容易激动的情怀，相反，他显然是追求着，尽可能地收敛着，掩藏自己的情感。这也难怪，sentimentalism，本来有一个不难听的译法，叫作“多愁善感”，现在却译成了“滥情主义”了。

这也就不难理解，为什么李观鼎变得内向了。内向，一方面意味着感情的节制，另一方面则意味着思想的丰富。不管是在旅游途中流连风物，还是对着夜晚的灯火凝视自审，他的感情是谨慎地收敛着，然而他的思绪却紧张地翻腾着。他的纷纭的思绪迅速地凝聚起来，变成深刻的人生体悟。哪怕是对着自己的躯体，他的思想也没有闲着。比如对于自己的手，他产生了这样的感觉：“伸出来 / 便是 / 自己的 / 形象 / 有长有短 / 有曲有直”。他的追求似乎是：即使是司空见惯的，习以为常的现象，他也要从中抽绎出不平常的思想，甚至是哲理来。这几乎已成了他的生命的重要组成部分，看看他的组诗的标题吧：《沉思》《自语》《风物》《价值》……就可以想象，他的思想如何不停地运转，似乎是每一种感觉都足以推动他的思绪深化、凝聚，他老是处于某种自言自语，不由自主地提炼升华思绪的状态。有时，他的思考是针对现实的，其中充满了对于城市生活的针砭，如：在《性器官》这样的标题下，有这样的诗句：

灵魂　贫困到极点时
也就　不再在乎
出租或出卖

如此尖锐的剑拔弩张式的讽刺，在现代诗人中是很少见的。有时则不是这样辛辣，而是广泛地面向生活，如《门》：

该开的时候　开
该关的时候　关
不容易

上升成为生活的格言，容易失之紧张，只有在紧张中现出从容，才是上品。到了这种境界，就写出了他最令人难忘的作品，如《影子》：

说什么　形影不离
黑暗　刚刚逼近
它就　躲起来了

还有《向日葵》：

被　单一的视线
收窄了眼界　红日西沉
她就茫然了

从这里可以看出，他的思想几乎时时处在一种提炼的过程中，好像总是在苦吟。我不禁担心，不管面对什么对象都这样，不是太累了吗？但是，从他的语言和文字来看，他的思想结晶得很快，他的文字也没有留下刻意的痕迹，他几乎是左右逢源，轻松愉快地让他的思想变成人生的哲理和格言。

当然，这种升华的方法，对于他来说，比较自在，但是思绪来得太快，就很难保证每一行诗都有充分的深度；这就产生了一些过分的轻快，轻快得有点轻浅的作品。当然这也并不完全是归咎于他的轻快，同时也不能不看到他太过耽溺于哲理。

理性与情感是互相矛盾的，但是全靠理性，难免失之于枯燥，故西方现代诗人，在越过后浪漫主义的情感喷射之时，并没有忽略可感的另一手段——感觉。感觉的适当安排，一方面避免了情感过分泛滥，另一方面又避免了哲理过分直露。这在理论上，观鼎似乎没有对此有充分的注意，但是在实际的创作过程中，却没有完全忽略。在他的一些比较长的作品，他的感觉和理性之间有时取得了某种平衡。比如《落叶礼赞》，其中的感觉就比较丰富，甚至可以说有光彩，而《脚手架》则从更加丰富的感觉中展开了他对于生活的理解：

尽管脱掉了绿色的衣冠
大森林的秉性依旧昂然

从深山来到建设工地
杉篙，总是手挽手，肩并肩

千根万杆紧紧拧在一起
一层一层，把楼宇举向云端

顾不得听一听落成典礼上的掌声
齐刷刷，又赶去新工地列阵参战

感觉比较丰富了，理性也就有了依附，同时，也就有了某种制约，从诗的可感、可亲来说，比之前面所说的小诗似乎更加动人。

当然，我们还不能说，这样的诗已经十全十美，炉火纯青，细心的读者，不能不发现，这里似乎缺少一点创新。这样的风格，这样的想象和联想的模式，他运用得十分熟练，但是，是不是比较传统了一点？也许，把理性更深地埋进感觉，让理性变得隐蔽、朦胧，而感觉又和它拉开更大的距离，二者若即若离，可意会而难以言传，让诗性进入更加多元的猜想之境，诗就可能更加耐人寻味了，更加有现代感也就更加强烈了。以李观鼎的才情，步入这一境界，当是迟早的事。我们热烈地期待着！

1999 年 3 月 30 日于福州

序三：生命之树常青

吕志鹏

《滴水集》是一部关于真诚和诗心的书。

“我钦敬洞穿顽石的滴水，那是一种境界，一种持之以恒的专一。”这是李观鼎教授为自己写的题记，阅后令人感触颇深。这年头在澳门谁还在读诗？写诗？爱诗？并持之以恒？或许有人会认为，还有别有天诗社、如一诗社，还有个人诗集出版，有合集出版，有年度选出版，对了，还有诗人在内地或台湾或香港获奖，那就是绿意盎然，甚至“满园春色关不住”。但在这光辉的背后，我们是否只留意到诗人的名字，而记不下他或她的创作轨迹？而诗人又是否只在意自己能否被选中，而忘记诗创作的本身？

但在澳门，有一人却自始至终都在关心诗，爱诗，那就是李观鼎教授。请原谅我不称呼他为诗人，因为谢冕、孙绍振等大家与他并称诗友，笔者作为一个没有辈分的后来者，又如何能称之？但“教授”则不同了，这称呼不单突出了对笔者的教益，同时我亦深信本土的大部分后来者亦曾因教授的直笔得到精神上的鼓励，故思前想后还是觉得以此称之最为合适。这里正如谭咏麟一样，他真的不是歌手，而是校长了。当然话又必须说回来，正由于李教授对现代诗付出殊多，尤其是在评论和教育方面，故其诗人的光芒才被无情地掩盖而无法得到应有的重视，这是无可奈何之事，但在评论或记录本土新诗的发展年轮时，这便十分值得我们注意了。

诗，一向被认为是天赋的呈现，笔者早年亦深信此理，但二十年过去了，笔者现在反而认为还是坚持地呈现最为重要，因为所谓的诗，创作时要耐得住寂寞，发表时要耐得住没有回响，多年后要耐得住修改的痛，太多太多的“耐得住”了，所以难怪大部分人都耐不住了。李教授是个认真而又执着的人，他的诗创作亦如是，一直保持着严谨的态度。其实不少诗人不无才华，创作起点不可谓不高，但面对时代，面对社会，面对天地万物，尤其是面对时间渐渐便觉得无所适从，然后便开始懒散了，最后甚至舍弃了诗。

毋庸讳言，李教授的创作起点并不是最高的，但若然要数最历久不衰的又有几家能比？他把诗人应该关注的视点都放回了自己的日常生活内，把一切的经历，生活细节，以至原始的心灵状态都记录下来，并屡屡以诗的形式真实地呈现还原，在教授看来这里是没有时间和空间限制的，故《草木篇》（少年时代曾读流沙河之《草木篇》，深受启迪；四十年过去，如今我以同题试笔，算是一个遥远的回声。——题记）的出现不单要注意诗句，反而更要了解“四十年”的含义，这才能更好弄清那一组经过时间沉淀后的诗。这里即使是留有当年的一点点真实，亦已足够令人钦佩和满足了，更何况在《滴水集》中是如此大量的了。如《仰望》:“星儿深远多情／大自然　最值得／让人　抬起头来”;《草原》:“奔跑的生命／是她　蓬蓬勃勃的／转化”。都表现了在生命记录状态下那种童真的、真实的、快乐的原型。

当然，这里我们不难发现在原型的背后，李教授创作的诗有种清澈明朗的感觉。如《自信》:“乌云　来了／希望　也来了／丽日正在天边　蓄势”。其意便非常简约，中心亦显见突出。这种情况并非只在那些三四行体中常见，即使在一些较长篇幅的诗中亦然，如《雪歌——致梁老雪予》，虽然用了两种视角，以及虚拟的内在引导对答方式，但其铺排诗意的明朗却是一致的：

灼痛我渐积渐深的狭隘
驱散我时起时伏的迷离

——你这白色的火焰哟
道道闪烁都照彻我的心扉

人究竟该怎样与“爱”对称
你的真诚扯出我长长的思绪

我要细细地读你、读你
也把诗行写进自己的履历

可是清澈明朗，最容易引出浅白和外露，缺乏意蕴的问题。的确，在教授的诗中真没安排多余语言来铺陈故事，甚至延伸诗意，同时他亦不打算采取禅宗的“悟”来将诗的幅员扩大，但他却明码实价，说了是饼就是饼，说了是鱼就是鱼，而且不多一分，亦不少一毫，材料恰如其分，饱满了需要表达的主题中心，如《门》:“该开的时候　开／该关的时候　关／不容易”。其中的开与关，以及读者的读与不读都是自由，这里不禁令人想起姜太公钓鱼，同样不容易呀！

若然我们同意，甚至支持诗是需要有哲理性教化功用的话，那么最直接传递意义的办法就是把一切不需要的剥去，这才是最有效的方法。当然笔者并不是标榜和一面倒倾向哲理性的教化，但由这延伸的心灵教化却是值得关注的一个创作基点，尤其是在一片矛盾、痛苦和挣扎的“苦”型诗歌创作中，这种宁静式的清爽是否能缓解现世感官刺激下的疲惫？有心人必能做出判断。所以即使是“扫把星”，教授也有其救赎性的理解：“圣洁的天庭　就／永远不需要／清扫么”。这里饶富意味的“善性”操作特征所体现的，便应该是李教授的典型美学观。

当我们进入李教授的诗中，实际就是进入了他独特的真善美的世界中，在这世界内，他用心告诉我们生命是怎么一回事。这是教授在诗世界中所体现的最明显的价值所在。当然这价值同时也是教授的羁绊，正由于练达人情和洞明世事，故其诗都容易被绑在“教”柱之上，仰望是绝对可以的，但接触呢？

当然这里如何权衡？如何取舍？才能达到终极的境地。那是教授自家的事了，但即使现在读教授的诗也感觉到其努力将严肃变轻松的取态。而笔下的诗句亦那样的轻巧，那样的简洁，甚至可以说是那样的随便，如《鸳鸯》：“纵然　形影不离／浅水一池　又能容纳／爱情　几许”；《耳》：“两孔　相通的洞／专供　讨厌的声音／这边入　那边出”。这种笔者都会归纳为“自在”，教授很容易地就将世界的具象转换成无形存在的诗，同时构成哲理的触觉，而与其他一般的诗人不同。我们一般都需要先树立“中心”，然后在画面、形象、意境或事件中令要表达的中心突出，但教授却跳出这种线性的创作规则，随便以任一形式切入，这种随便折木成剑的“自在”已经突破了一般性的限制。

最后，从《石头》《太阳》《泥巴》《蜜蜂》《喇叭花》《台词》

《生命》《草坪》及《井》等等不同的定题中，我们可以看到教授“诗心”不死。老实说，笔者随着年龄痴长，经验与技巧的提升，诗心已朝着繁荣的走向前进。为了体现新意，以表明自己的步伐不止，选题亦不得不成为一个重要的考虑，但李教授的题目无疑是令笔者却步的，因为实在太难写。顾城曾在演说中提道：“我们的语言就像钞票一样，发行过量，且在流通中变得又旧又脏。”但这里不单是语言，还有主题，而教授却反其道，且走得自然而然，这里便需要一份最纯最真的诗心，这里绝对是超越技巧，而进入心灵的境界。

我在阅读《滴水集》，同时亦在阅读李教授，教授的每首诗几乎都是一幅巨型的时空蓝图，它归纳着过去，同时亦指引着未来，这里没有浮夸性的意象塑造，亦没有不可思议的美学逻辑，然而它却是一棵不停生长的生命之树，蕴含着无限的郁郁葱葱。

是为序。

2018年1月16日于澳门

上　编

星云篇

星云无语，却给我们深深的启示。

——题记

仰望

星儿深远多情
大自然　最值得
让人　抬起头来

太阳（之一）

日日如轮
满载着　浑圆的
希望

太阳（之二）

丰功伟绩　集于
一身　却无法
永远　不落

夕阳

真正的爱　必定
热烈地燃烧到
最后一瞬

落日

谁说已经燃尽
抬起头来，便又现
光漫霞飞的灿烂

晚霞

太阳　绯红了脸
动情如许　是听见
月儿的恋歌么

月亮（之一）

月月成圆
汪汪着　幸福的
梦想

月亮（之二）

最喜欢　伴着
情侣漫步　擎一盏
梦一般轻柔的　灯

月亮（之三）

世上　最神速的船
故园　只要痴情
一望　便到了

白云

传说中　永远
无法追及的
仙人的　脚尘

乌云

用泪雨　忏悔
自己　不该远离
大地母亲

蓝天

为了豁显　闪电的
光华　她悄悄地退到
厚厚的　云层里

闪电（之一）

劈开乌云
给　滚滚惊雷
留影

闪电（之二）

追求　生命的闪光
却　从不自我炫耀
撕碎乌云　便匆匆隐去

彩虹（之一）

无数水滴　将
团结的美　高悬在
蓝天上

彩虹（之二）

每滴水都要求独立
那横空的彩练　便
褪色了

彩虹（之三）

诗人　看到了欢乐
画家　发现了和谐
乐师　听见了舞曲

月食

今夜太空停电了
幸好有星星　点燃
烛火

月明星稀

新月开镰
那七八个星　可是
她撒落的　谷粒

星星

有的殷勤地为行人指路
有的热情地给大地启明
有的神秘地眨着眼睛问
天宇有多大　银河有多深

北斗

其实　她并不能
回答　所有的
方向性问题

扫帚星

圣洁的天庭　就
永远不需要
清扫么

天王星

纵为　王者
也　不过是
星海里的　一滴

天狼星

歹毒的家伙　哪儿没有
就连　神圣的天国
也不例外　小心哟

流星

黑夜里　一根火柴
擦亮了　瞬即熄灭
未能　点燃火炬

流星雨

真叫人高兴　至高
无上的　天庭
也在　洒扫了

孤星

孤独　本来自深思
你站在天外　究竟
想些什么

启明星

一粒　沉沉
黑夜里　跃起的
希望的火种

无名小星

叫不出　她的名字
不是因为她小　只怪
我们自己　无知

雷

串串　向干涸
报喜的
爆竹

雪

默默　捧出的
爱　必定是
朵朵　圣洁之花

草木篇

少年时代曾读流沙河之《草木篇》，深受启迪；四十年过去，如今我以同题试笔，算是一个遥远的回声。

——题记

根须与枝叶

深度与高度的相反相成
向下与向上的对立统一

绿

一种
生命沉淀的
信仰

花

以心灵　孕育着成熟
一旦　果实抟圆
便　悄然离去

无花果

有果实在
又何必　花枝招展

草

渺小　但不自卑
终于　一次次
跃上山巅　染绿原野

小草

即使是　跃上高峰
也　从不吹嘘
自己是大树

禾

成熟了　才懂得
谦虚　垂下头来
感谢大地

向日葵

被　单一的视线
收窄了眼界　红日西沉
她便　茫茫然了

苦瓜

莫怕　生活之蔓
结出苦果　让我们
将它制成　美味

梅

深刻的美
狂风大雪　也
扑不灭

竹

让　箩筐扁担脚手架
齐来作证　虚心
才能　拥抱世界

松

长青　哪有秘密
只需　日日更新
不信　请看它脚下枯针

柳

有人骂她　柔柔水性
岸说　春风呢
不是一样　柔柔

昙花（之一）

何必叹息　生命短暂
最要紧的是　珍惜
现在的瞬间　灿放

昙花（之二）

不肯献媚　赶时髦
一瞬仙境　便绽出
世人心中的　永恒

铁树

尊重　赏花的眼睛
开出来　都是数十载
精心构思的珍品

柿树

苦涩　是
通往甜美的
必经之路

莲

诗人啊　从根本上说
我一刻也未曾离开过
泥水

莲子

心地　洁白无瑕
绿荷托起的　是她
粉红色的梦

葡萄

不要讥笑狐狸
得不到的东西　还是
酸一点儿　好

苔

只与孤寂为友
听不见　足音的地方
她　来了

龙舌草

尖利的舌头　伸出
尺把长　莫非也
学会了　叨叨

仙人掌

一片　令人
难以亲近的
春色

连理树

枝叶　紧紧相拥
却不曾忘记　给行人
撑一伞　阴凉

藤

依附　岂止俯首帖耳
纠缠　哪怕死皮赖脸
扭曲了灵魂也要攀上华垣

枯藤

就是　死了
也要趴在高墙上
不肯　离位

落叶（之一）

尽心尽意之后　便
悄然离去　把丰收之歌
留给果实　唱

落叶（之二）

漫天价歌着　舞着
是潇洒地去
还是热烈地归

落叶（之三）

以　飞舞的方式
落地　便足以让世界
相信　春天不远了

喇叭花

什么风　教会了你
逢人便一个劲儿地
吹吹打打　起来

稗

想不到　稻田里
也有　假冒伪劣的
勾当　流行

狗尾草

摇尾　十足证明

自己　是一个

下贱东西

鸟兽篇

从鸟兽身上，我学到的东西远比《动物学》为多。

——题记

斑马

身价百倍　原来
只在　那一袭
漂亮的　衣衫

孔雀

美丽　拖累了她
连蓝天　白云
也舍弃了

乌鸦（之一）

一身污黑　是
千万年唾骂
涂抹的

乌鸦（之二）

世代背负骂名
黑色的纯洁
不改

鹰

不屑与燕雀为伍的
孤独　从来都是
伟大的

猫头鹰

眼睛　总在夜里醒着
利爪　永远伸向鼠辈
凶而不恶　真好

天鹅（之一）

至高的美　是
九重天外　雪翅
写就的　轻盈[1]

---

① 天鹅飞行高度九千公尺，为禽类之冠。

天鹅（之二）

雪翅　举起的向往
让长空　充满了崇高的
艳羡

鸳鸯

纵然　形影不离
浅水一池　又能容纳
爱情　几许

狐狸

掉在陷阱里
大声嚷嚷　猎手
你太不道德

狼（之一）

羊是可爱的
我只吃　那些
可恶的　羊

狼（之二）

可憎的　不是
锋利的牙齿　而是
牙齿上的兽性

金环蛇

璀璨的光圈　是
那颗　歹毒的心
设下的陷阱

八爪鱼

手之多多　足令
天下窃儿　一个个
自愧弗如

蜗牛

准是　仓颉造错了字
蜗牛也是牛呀　谁跟
小虫儿相傍

蝉

不要指望　生命
价值　在吵闹之中
升华

蚌

海说　长在
心里的　珍珠
才是　它的定义

蜜蜂

短暂的生命
由　创造的香甜
延续

恐龙

灭种　是懒得动脑的
结果　哪怕身高体大
也　不例外[①]

---

① 体重达数吨重的恐龙，脑重不足零点五公斤。

长颈鹿（之一）

没有学会　俯视下方

整个生命　全系在

颤悠悠的　树梢上

长颈鹿（之二）

生命的法则　是在

高高的树梢头　一口一口

咀嚼出来的么

人体篇

人体的奥秘，是一部读不完的哲学。

——题记

口

一方
甜　酸　苦　辣的
集散地

鼻

有时候
低声下气　是
绝对　必要的

耳

两孔　相通的洞
专供　讨厌的声音
这边入　那边出

眉

一双　会飞
却永远也越不出
心境的　羽翅

眼（之一）

童真　的
天空　永远
一尘　不染

眼（之二）

心灯　熄灭了
纵有窗子　又能
望见　什么

眼（之三）

红的　不都是香花
绿的　不都是浓荫
毒蛇的外衣　最鲜艳了

泪（之一）

情感的结晶　怎能
滴作　脆弱
淌成　浅薄

泪（之二）

倘若　一定要流
就来洗净窗子吧　让
心灵　看清世界

发

愤怒　哪里冲得起
一顶便帽　柔顺却足以
横扫　万马千军

白发

驰骋的生命　归于
平静后　闪射出的
睿智之光

牙

一辈子　咀嚼着
一个　相反相成的
至理

手（之一）

伸出来　便是
你自己的　形象
有长有短有曲有直

手（之二）

和而不同　不同而和
长短粗细的差异里
握着的一个铁律

足

前进的秉性
还得用　后退的
智慧　来完善

膝

人格　紧要处
岂可忘记　时时
补　钙

乳

最美的造型　竟成了
装钱的　口袋
越大　越好

臀

坐在　钱眼上的当儿
优美的　蛇行线
扭曲　变形了

性器官

灵魂　贫困到极点时
也就　不再在乎
出租和出卖

风物篇

有道是，风物长宜在放眼量。

——题记

比萨塔

最最　令人动情的
是　数百年如一日的
倾心

大本钟

沉稳的节拍
不给　轻浮的脚步
伴奏

卢浮宫

走近你
我才发现　自己
原来　一贫如洗

巴黎圣母院

顾不得拜谒　玛丽亚
我自千里赶来　只为一睹
艾丝梅哈尔达[1]　美丽脚踪

金字塔[2]

睡去的　早已睡去
巨石砥砺的辉煌　却
穿越时空　站成永恒

长城（之一）

根基　夯实在
人心之上　自然
风雨不倒

长城（之二）

稳重　筑起的伟大
绝非　耀武扬威的张狂

---

① 艾丝梅哈尔达乃雨果名著《巴黎圣母院》中的女主人公。
② 金字塔为古埃及法老之陵墓。

可比

泰山

一种　缘自
四下里没有高大的
高大

寒山寺

虔诚地
供奉着一首
千古绝唱

无字碑

逝者的信心　亮着
面对空白　后人自有
一笔笔　美丽话语

松山（之一）[1]

纵然　又矮又小
也要向　坚强挺拔看齐

---

① 松山为澳门最高的山，海拔仅九十五公尺。

山下人名之曰　松

松山（之二）

以矮小的挺立
站起大山的
尊严

缆车

腾空而起　连
脚踏实地的欢愉　也
缆走了

市政厅广场[①]

踏上去　脚下会
响起一串平平坦坦的
反义词

灯塔

导航的日子已经远去
面对海岸边璀璨灯火

---

① 澳门市政厅广场以彩色碎石铺成，给人不平坦的错觉。

她投来　满眼迷惘

铜马像

起重机　叼走的
那个时代　一去
不复返了

望厦村石台①

耻辱的墨汁　干了
我们在上面　书写
光荣的　基本法

大桥

好一条
挑起小城和离岛的
扁担

背海观音

既然　不管海上的事
索性转过身来　注视

① 1844年7月，中美《望厦条约》签订于此。

楼林里的　芸芸众生

妈阁庙

从　船户渔家走来
万灵的娘娘　在昭示
真正的神　是我们自己

文化篇

在这“文化”被炒热、炒红的时下，我也来“时髦”一番。

——题记

难题

谁能　超越时空
发现　历史的
本来面目　谁能

历史

经过　一代代
筛　选　听　说的
故事

考古学

一场　永远也做不完的
将破碎的历史之镜

重圆的梦

汉字（之一）

我的
横平竖直的
故乡

汉字（之二）

亘古不泯　乃因
不适于拜物　而只
擅长于　写诗

延误

子子孙孙　在
《论语》的字里行间
爬行了　两千年

传统

有时是　乳汁
有时是　枷锁
因人而异

粽

豆沙的火腿的咸肉的
大人的小孩的朋友的
就是没有　屈原吃的

“文化”（之一）

一种　为
各类言说所偏爱的
脂粉

“文化”（之二）

时代的大餐桌上
一瓶　撒来撒去的
花椒盐

创造

大胆的　对于
经典和经验的
成功改写

宗教与科学

或曰　相信才能理解
或曰　理解才能相信
谁也甭想驳倒谁

经书

佛祖　拈花一笑之后
有心人　从他的嘴角上
猜出的教义

困惑

要么　拥抱庸俗
要么　陷身孤独
诗人　别无他路可走

人

最简单最熟悉的笔画
画出的　最复杂最陌生的
谜

死

驾崩　逝世　过世
圆寂　牺牲　毙命
终结　从来是分级分类的

花圈

生命的句号
个个　都是
色彩斑斓的吗

爱情

进入数字时代　早已
不需　渐进的
程序

性爱

经过　一再
简化的　纯技术
操作

补白

编辑老爷
赏赐给　诗人的
立锥之地

流行歌曲

是　稍纵即逝的
流星　引起的
潮汐吗

石头

自从　曹雪芹为一块石头
写了记　连软柿子也想
住进大观园

快餐文化

读者与作者相遇
一问　大作何以越写越浅
一答　阁下没有时间深思

后现代

到处　千红万紫

大街上　不再流行

流行色

艺术篇

一如对朋友的期待，我期待着艺术与心灵在感觉中无间地相遇。

——题记

艺术（之一）

在难以解读中
蕴含着无限解读可能的
司芬克斯之谜

艺术（之二）

曹雪芹
“满纸荒唐言”
呈现的“痴”

艺术（之三）

以“人化自然”唤起
人的自我直观的

里尔克之“豹”

超越

每一度　都

证明　无限时空里

有人在思

发现

拒绝大众　而又

奉献大众的

奇葩

书法

不可言说的

蛇走龙飞　笔笔起自

远古的　刻痕

诗

摘下礼仪的假面后

掏出的　带着韵律的

心跳

写诗

让人相信　这世上
确有　比赚钱
更重要的事情

画家

我问他　画什么
他笑言　画
画

雕塑家

美　原来是在
无情地砍削之后
留下的

中国画

有鱼儿就有碧水
有鸟儿就有蓝天
最擅长　无中生有了

水墨风景

墨色　是滤去五彩后的
提纯　在泼染中显示
山水恋情的　厚度

大师笔底

浅浅地　勾出
素梅三二枝　便足以
净化　我们一生

银幕

你扬起的　可是
驶向　真善美的
风帆吗

芭蕾

大师的足尖　轻轻一踮
整个世界　顿然
入梦了

交响乐

多种多样的　对立物
相反相成　唱出的
辉煌

断臂维纳斯

是　完美的残缺
还是　残缺的完美
让人　玩味难已

李白

每逢　思乡之夜
他都来到你的床前　轻洒
一地霜月

范仲淹

仅仅　两句忧乐之语
便铸就了　岳阳楼
不朽的柱石

达·芬奇

谁曾想见
简单的素描　竟
蛋生出　惊世绝技

梵·高

颂声如潮
有几声　是你的真迹
碰撞出来的

施特劳斯

人生真美　心灵的
每一度感应　都是
三拍子

性描写

放纵的缠绵的遮遮掩掩的
只要远离了　情
即与艺术绝缘

戏剧篇

虽然人生未必如戏，戏中却实实有人生在。

——题记

脸谱

哪有那么简单
忠奸善恶　全挂在
脸上　一望而知

台词

跳荡着
喜　怒　哀　乐的
心灵历程

圆场

追杀　竟也能跑出
圆圆的轨迹　令
胜者败者　两全其美

龙套

舞台上的活摆设
只知举旗执杖　偶尔呐喊
也喊不出　个性

亮相

一露面　便
端起架子　在吹吹打打中
炫耀　身份

水袖（之一）

袂筒里　装着一个世界
轻挥慢举间　将人带入
魂牵梦绕的　境地

水袖（之二）

将万种风情　蓄入雪袂
抖出来　满眼尽是
曲曲折折的故事

变脸

以绝技　告诉世人
面对　这种历史传染给
生活的伎俩　应该警惕

琴弦

一种　牵系着
宏伟壮丽的
纤细

月琴

满怀　都是
阴　晴　圆　缺的
心事

关羽

好人样样都好　哪怕
犯了　私放顽凶的大错
也要说是　义释

曹操

坏人事事皆坏　倘若
空城计　由他肚里琢磨出来
必是阴谋诡计　无疑

猪八戒

多少人笑他　却不见
有谁骂他　因为那九齿钉耙
总是　抡向妖魔鬼怪

陈世美

以　血淋淋的经历
讲述着　一个古典式
包二奶的　教训

崔莺莺

家法　紧锁着人生
难得的　西厢一见
岂能不　顿生痴情

下场

从　上场的
那一刻　已经
起步了

价值篇

如何看待价值，这恐怕是地球上一个最大的难题。

——题记

价值判断

人世间　一切
美　丑　善　恶的
源头

生命

有人蹉跎百岁　老而不死
有人英年早夭　树起丰碑
谁说　价值在于人寿长短

杜甫

诗人　贫病而逝
那小舟　载得动
他的价值吗

反差

有时　高贵的
帽子底下　扣着一颗
猥琐的　头颅

嫖客

再高的价钱　也
买不来　等值的
爱

待价而沽

苦苦　等待的
不过是　花花绿绿的
货币

对话

买卖
买卖买卖
买卖买卖买卖

儿子

整天嚷着　长大了要赚大钱
三岁看大　一本书没读过
就　近视了

金钱

果真是
时代竞技场上
唯一的锦标吗

新图腾

什么东西　印上了纸币
什么东西　最值得
顶礼膜拜

贬值

诗　依然高贵
不值钱的　是
钱眼里的　灵魂

官位

让　多少人
俯下身来
　　　爬
　　　　行
　　　成
　　　　虫

择偶

一柱
测量世风的
水银

“民主”

每一个人　都
揣着一把随意伸缩的
尺子

信仰

初一　十五

老妇人　烧剩下的
残烛断香

书

是进步的阶梯　抑或
堕落的滑梯　只有
读后方知

时间

一台　准确无误的
价值积累的
计算器

一寸光阴

或许　只是一寸废铁
一寸垃圾　一寸虚空
噫　一寸金者能有几人

奉献

让　人生
不断升值的
老师

取向

最大的　价值
在于　永远为他人
创造价值

箴言

还是　用你的行为
决定吧　究竟
自己　价值几何

时事篇

毫无疑问，诗要关心人，就不能不关心人所关心的时事。

——题记

禽流感

现代人的手　当真
缚鸡之力　也
丧失了吗

空难

仅仅　因为
故障　发现于
打开黑匣子之后

森林大火

最令人忧虑的　是
败家子的　愚妄

没有烧掉

时髦

古老的　朝秦暮楚
传统精神的
裂变

时代

一如　潮落潮起
诗人越来越少了
商人越来越多了

优惠

本店　今日大酬宾
一只鞋　减卖玖拾圆
另一只　加价壹佰圆

骗术

花样百出的
利钩　香饵
专钓　贪小之心

骰子

不论点数多大
掷出来的命运
都靠不住

假戒指

一串串　专门
唱给贪小者听的
金色谎言

光碟

亮丽的旋涡里
有时也会　流淌
偷窃者的　馋涎

无题

陈世美　越来越多
而包青天　只能在
荧屏上　找到

走光

某些人
舍面求名的
特技

妓女

一再向人证明
美丽和真诚　并非
孪生姊妹

北姑

专门
出口自己的
出口商

二奶

绊你
一生一世的
女人

乌纱

不戴在头顶　却
箍在脚上　于是
小脚女人　多起来了

鬼话

只要　把耳朵堵上
枪声　自然就
消失了

心愿

几时　天空收起弹雨
报纸的窗口
放晴了

悖论

昭示　苦心素行的
金色大字　镌刻在
奢华的纪念碑上

七胞胎

广告商的喜悦
大大　超过了
母亲

听笛

四十万张口的
沉默　愧对着
七孔音窍

泡沫经济

几声咕嘟　来不及
唱沸腾之歌　就
破灭了

盲人摸象

合成　将令
可笑的触摸　完美起来
请不要笑

百万行[1]

所有的事情　都

这样起步

小城　便有望了

① 澳门著名的以大游行方式举行的每年一度的公益活动。

绿茵篇

球儿圆圆，蹦跳出多少妙谛，让千千万万人在绿茵场上苦苦寻觅。

——题记

足球比赛

是谁　发明的运动
如此节省　二十条大汉
拚抢　一只小球

分工

手对脚说　这回
全靠足下了　我实在是
束手无策

传奇

脚腕儿　踢踹铲绊样样精
更不必说　手腕儿了

难怪有的球员　当上总统

高潮

看起来　绝难蹴入
而　终于蹴入的
一瞬

守门员

不论　滚了几身泥
摔破几层皮　全部
进项　都是负数

感受

只有　从自己的
大门内　捡拾皮球时
才能掂出　痛苦的分量

评球

碗大的球儿　也
把握不住　还说什么
地球在我脚下

球迷

一群　心眼儿长偏了的人
迷的　从来不是球
而是　球星

矛盾

一边倒的　观众
却　难以忍受
一边倒的　赛事

关键

欣赏的热情和耐性
生成于　一场较量的
难度之中

草坪

几番　恶斗之后
春风吹不生　于是
满载草皮的车子　入场了

童年篇

踏进往事一望，最珍贵的还是童年。

——题记

井

家乡　清澈的
眼眸里　永远汪着
深情的　甘甜

童谣

润红过　一代代童年
把　我们的人格和诗情
喂大

炊烟

袅袅　升起在天空
也在心头的　儿时
慈母的温情

乡村戏台

几块木板　便将我
童年的　欢乐
高高　筑起

鬼戏

越看越怕　越怕越看
渐渐　在梦里替冤鬼流泪
爸说　我长大了

最怕

放学之后　要踢球
老师说　罚你
抄书二十遍

挨罚

考试一不及格　爸就罚我
去井边打水　我暗自高兴
一桶一桶　臂力练出来了

心思

那阵子　最希望生病了
可以　不去上学
还可以　吃好的

教训

小时旷课　挨的
那顿板子　至今还
在手心里　训我

班风

那天　为一句粗口
满屋子　鄙夷的目光
把我的脸　抽打得通红

同桌女孩

心里喜欢她　画的
飞鸟　嘴上却说
你　会用弹弓吗

孔融

众多圣贤里　只有
他老人家最亲切　因为
是在分梨时　结识的

回味

吃遍了　瓜果梨桃
总觉得　不如儿时
偷摘的生柿子　好吃

泥巴

自由塑形里
变形金刚和芭比娃娃
到不了的天地

蜘蛛

挫折时　我常想起了它
外婆的故事里　它不怕狂风
一生　结网七次

对话

妹说　再有几天就过年了
爸说　好日子总在前面
等你

难忘

老师的注视　最难忘怀
我们身上的　尘污
全是她　扫掉的

乳名

一声唤　我们在
慈母的奶汁里
还童了

北大篇

北大是我的母校，我的精神的家园。

——题记

红楼

唤醒　愚昧的
世纪　第一抹
曙光

未名湖（之一）

送　千帆万桅
远航　却顾不上
给自己　起个名字

未名湖（之二）

越是　不要名
越是　芳名远播
怪也　不怪

未名湖（之三）

极其平静　而又
无比深沉　教会了
多少学子　思考

燕塔

矗立　我心中的
北大人　脊梁骨的
校正仪

蔡元培

从　长辫子遗老
讲授的八股　我听见了你
兼容并蓄的　襟抱

马寅初

我心痛　直到
人口泛滥时　才读懂
你的　人口论

大师（之一）

口袋里　掏不出几张纸币
五颗纽扣后　却藏着
一部巨著　等你领悟

大师（之二）

朴素得　一如布衣
謦欬之间　我们眼前的世界
忽然　明亮了

图书馆

青春　找到了阶梯
白发　寻回了岁月
思索在这里　永远年轻

三角地

竖起来　便是
一柱三棱镜　折射出
思绪的　前后左右正反

燕园

春天　我是你的一叶草
秋天　我是你的一枚果
你呢　是我温馨的梦

返校

人还在火车上飞机上
雀跃的心　已在
五四广场上　狂欢

自语篇

自己，是一个与生俱来的难题。

——题记

自度

整天照镜子　也
看不清　自己
真正的　面貌

自思

强硬的支柱　是
正直的脊梁骨　还是
无聊的　欲念

自重

打掉了　非分之思
灵魂　还至于
倾斜吗

自私

无论　半径长短

画　小大无数圆圈

圈圈　以我为中心

自封

故辙　老路

在　洋洋自得之中

扼杀了　逻辑

自量

多粗的胳膊使多大的力

多高的身子穿多长的衣

多厚的底气唱多亮的曲

自惭

怎么也　读不懂

生活　堂堂五尺之躯

竟提不起　一支笔

自咎

将过失　酿成
一杯苦酒　独自
啜饮　于难眠之夜

自勉

努力　不一定
成功　但成功一定
属于　努力者

自信

乌云　来了
希望　也来了
丽日正在天边　蓄势

自强

超越了　自己
再去　超越
别人

自豪

登攀　不上金山银山
我胸中的高处　在
屈子行吟的　江畔

沉思篇

在沉思中，我感到世界和自己贴近了。

——题记

生活

一张网吗
不　一波波
永远前行的　浪

快乐与痛苦

快乐说　去吧　离我远点儿
痛苦说　不行　我在你心中

爱（之一）

人生字典里
注脚最多的
多义词

爱（之二）

永远　不该有
被遗忘的
角落

爱（之三）

是
甜言蜜语
喂大的吗

爱（之四）

同频共振的　两根
心弦　交响成的
地久天长

爱人

永远属于自己　也是
自己所永远属于的
人

忧伤

美哟　爱的沃土上
种子　生根
萌芽了

并非诅咒

白头偕老吗
未经苦痛的爱
不一定　可靠

失误

仅仅　爱她的
酒窝　却娶了她
整个的人

堕落

情感的潮水
漫过　理智之堤
泛滥成灾

比较

比言语可靠的　是眼睛

比眼睛可靠的　是心灵

比心灵可靠的　是光阴

垂钓

利欲熏出　餐桌上

一道佳肴的　当儿

雅趣　早随风而去了

无聊

草儿　刚刚爬上小丘

就　借风的气力宣布

世界在我脚下

痴

玉成

诗人为诗人的

境界

幼稚

成年人
最可怕的
错误

童心

成年人　丢失的
最珍贵的
财富

滑稽

一种
用力过度的
严肃

失败

有人　一辈子
也不肯认她　做
母亲

经验

时髦　从来都是短命的
鞋底厚到一定厚度　鞋店
便要　大减价了

乡思

我心头　祭起的
繁华都市里　一炷
永不熄灭的香火

人生

痛苦和欢乐
起伏而成的　一道
美丽　浪波

伟大

生长于　人们
忘记了伟大的
时刻

无题

纯洁的快乐
与　他人的泪水
绝缘

墓志铭

醒世的责己的恕人的
何不　生前早早
刻于　座席之右

拥有

拥有　最精美的
钟表　就一定拥有
最充实的　人生吗

二律背反

金玉　箍满十指时
闪烁的　却是
另一种贫困

方法论

利剑小觑钝斧
斧说　让我们
比赛劈柴吧

“尊师”

每一张答卷　都
做成了　教学笔记的
拷贝

真理

从来是　公共的
财富　谁也
不能独霸

自由

在狭小的枱面上
乒乒乓乓地　蹦出的
海阔天空

成熟

成熟的谷子弯下了腰
成熟的果子垂下了头
是成熟孕育了谦卑吗
还是谦卑成就了成熟

问题

为什么　人随着
为什么的减少　反而
越发地不知道
为什么了

零碎篇

深夜，一檠相对，日间零七八碎的印象渐渐清晰起来。匆匆记下，也不知是不是诗。

——题记

镜子

真　假　美　丑
看得　清清楚楚
却从来　一声不吭

镜语

休怪我沉默不语
以美为丑还是以丑为美
全由主人拿主意

影子

说什么　形影不离
黑暗　刚刚逼近

它便　躲起来了

弥勒佛

笑成　弯钩的
一对嘴角　究竟
挂得住　几多烦恼

哈哈镜

把欢笑
掺进　虚伪的
高大魁梧

坟场

埋着　多少人生乐章
苦乐悲欢善恶荣辱
在这里　交响

蜡烛

灿灿华灯　是你
如豆之芯　点亮的
眼睛

独木桥

未经险狭
怎知　前方有
坦途在

陀螺

一个奴性十足的东西
离开鞭子　便
不会直立

手术刀

血中杀出来的
必定是一条
生路吗

路

走的人多了　就
一定是　一条
正路吗

冰雕

严寒中
挺立起来的一种
惊奇

花瓶

插进春天　又插进秋天
骗来两个花季　才
用了　半瓶水

月饼

太多的热情
太多的甜蜜
精制成的　负担

脂粉

莫让她　涂你
一脸美丽的
错误

金铺

多少人　满怀欣喜
从那里走出来　却
未发现　自己不见了

遗产

子子孙孙　终生
享用不尽的　只有
先人的　胆识

激光

穿透的伟力　全在
一孔　高度的
集中

露珠（之一）

早醒的　眼睛
一声声　唱的都是
晶莹的歌

露珠（之二）

让　瞬间
在瞬间的生命里
闪光

浪（之一）

请　不要叹息
没有低谷　怎能描画出
美丽的　曲线

浪（之二）

你听见了吗　在
深陷的谷底　酝酿着
一首　冲天的奏鸣

珍珠

奉献　就不惜
掏出　千难万苦中
磨砺的心

泉

一路　载歌载舞
声声步步是　奔向
自由的　欢乐

桥

不是　走出来的
而是　搭起来的
它有个天性　叫作跨越

泪

用苦涩证明
人是海的儿女
那么心呀　可容得下
风云变幻的天空

土地

真正慷慨的
奉献　本是
无言的

草原

奔跑的生命
是她　蓬蓬勃勃的
转化

门

该开的时候　开
该关的时候　关
不容易

铁达尼[1]情思

走进影院，便踏上了铁达尼号（泰坦尼克号）。

——题记

寻宝者

希望落空了　却捞起
一串　湿淋淋的
无价故事

甲板

分明是　一座
海上大舞台　展演着
生死关头的　人生百态

头等舱

躺在　豪华舒适的

① Titanic，又译为泰坦尼克。——编者注

卧舱里　做的
必定是美梦吗

冰山

一位　冷酷得足以
让　所有盲目乐观和自信
清醒过来的　严师

史密斯船长

假如　你的自我发现
在　发现冰山之前
那该　多好

无名牧师

我不信仰上帝　却感动于
你的安详　那海难中的祷语
将澡雪　我全部的时光

革莱士乐队

穿过　大西洋冰冷的波涛
你纤细的琴弦　至今依旧
温润着　世间沉沦之心

霍利

经不住　心灵的拷问
掏出厚厚一沓钞票　将
人格　贬值为零

积奇[①]

谁说　你永远睡去了
从露丝　顽强的哨音里
我听见　两个生命在奏鸣

露丝

我为你　失眠了
冲破世俗裹挟　你的选择
竟　不掺一点杂质

两小时

短暂而又漫长　亘古恒在
是一个个　惊心动魄的瞬间
连缀起来的　爱情记忆

---

① 电影《泰坦尼克号》的男主角杰克。——编者注

并非尾声

钢铁的铁达尼　早已沉没

情热的铁达尼　重新起锚

远航在　世人的脑海里

手机时代

我期待着　以我
片面性的思考　与你
思考的片面性
对冲

——题记

一

一块巴掌大的庙宇
所有的人都向它
低头致敬

二

低头无所思
欲望一哄而起
纵情狂欢

三

科技的阳光

编织一张七彩之罟
将世界一网打尽

四

一扇一触即开的门
时代由此学会了
偷窥

五

没有追求，甚至没有意识
开机就是全部目的
一切随机而行

六

人人懒散于五光十色里
视域越丰饶
心野越贫瘠

七

被飞舞的碎片招引着
张大的瞳孔里
流淌着缭乱的眼神

八

用五颜六色涂抹
社会的嘴唇，就连
小孩子也学会了花言巧语

九

俯首无语的亲朋相聚
一声咳嗽也显得多余
银光闪烁，牵走了所有人的思绪

十

盲目的人顺着盲目的风
撞了东墙，又撞西墙
栖息在循环往复中

十一

看浊了童年的明眸
看白了青春的双鬓
记忆的远方一片虚无

十二

心灵物化为一地荒凉
人造光影让人忘记了
太阳和月亮

十三

走进去就是囚徒
这里，毛毛虫长不出
飞翔的翅膀

十四

吞噬了大家的私密
还要假惺惺地送上温馨
加密加密加密

十五

有一首歌问道
时间都上哪儿去了
答案就在那鬼眨眼的视频上

十六

以亿万人的时间
延续着自己的寿命
难怪有人欢呼：手机万岁

十七

日子已被盘踞，一大早
Iphone 们便领着店前人龙
学步

十八

大多数人的智慧
将被极少数精英的智能
消解吗

丁酉年屈原忌日写就

下　编

火柴

一

火的赞歌里
最早的　音符
光的画幅上
最初的　一笔

二

默默地　守在
小小的匣中
静候　一个
闪光的　时刻

三

情真意挚
只需　轻轻一擦

即慷慨献身　以生命
爆出　火花

四

稍纵即逝
却　闪耀在
最需要的
岗位

五

休看它　长仅寸许
莫笑它　光微如豆
火热的心肠　能把
死灰色的灵魂　照透

六

点亮了　千万颗心
希望　便在
烛天的火炬上
延　续

白发

诗人说
那是天上的愁云
请问
是否牵系着祖国的命运

画家说
那是山巅的积雪
请问
可曾冻僵火红的青春

岁月的漂粉苍苍一色
染就的形态竟如此不同
有的是睿智的光辉一团
有的是芜杂的败草一蓬

泪

一

眸子里　滴出的
太重　太重的
叹息

二

爱情的葡萄架上
坠落的　颗颗
酸涩的　晶莹

三

一滴滴　垂下来
全是　浑圆的
希望

四

每一滴　都滴在
我的心上　于是
心石　洞穿了

五

滴滴点点　化作
润绽心花的
甘　霖

北斗（外一首）

小时候，我曾奇怪：为什么
你总在茫茫星海里画一个问号？
当你洗净我迷蒙的眸子，
给我指明向未知进发的航道，
我终于懂得，你那睿智的光辉，
原来全来自勤奋的思考……

扫帚星

仰望你，我深信：
明天，将有一个朗丽的清早——
天更蓝、云更白、日更娇……
因为啊，我亲见：
此刻，那高高的天庭之上，
进行着如此认真的打扫……

砖瓦及其他

砖

论出身，本是黄土一团，
看经历，却有许多磨难：

在狠狠摔打下成形，
在熊熊烈火里烧炼。

苦难中铸就钢肩铁手，
托起大楼座座耸入云天！

瞧它在墙基上站得多稳，
把千百吨分量承担……

瓦

休小看它薄薄一片，
责己可谓很严、很严

喜在高难处落脚，
也从不回避艰险。

登顶，寻找最理想的岗位，
那里：日晒、雨淋、风寒……

莫嫌它过于单薄吧，
那只是为了减轻梁柱的负担……

生石灰

天生一股犟脾气，
从来不怕泼冷水。

越泼，它越热！
越浇，它越美！

——扑上墙头，
把满垣灰暗逼退；

——跃入高楼，
让万间广厦生辉！

脚手架

尽管脱掉了绿色的衣冠，

大森林的秉性依旧昂然！

从深山来到建筑工地，
杉篙，总是手挽手、肩并肩

千根万杆紧紧拧在一起，
一层层，把楼宇举向云端

顾不得听一听落成典礼上的掌声，
齐刷刷，又赶去新工地列阵参战……

落叶礼赞

一

当果实　在枝头
笑红了脸　你撒出
漫天音符　飞舞着
向世界　奏响
丰收的　乐章

二

既然是　阳光的儿女
便显出　太阳的本色
在这结冰季节　你以
金灿灿的热情　暖着
人间的　希望

三

刚刚结束　秋的事业

就去追赶　春的脚步
最懂得　大地的心思
未及休息片刻　便化作
一抔　沃土

四

叶脉儿　细细
记着一种　无私的奉献
记着一种　深刻的启示
翻飞在　我久久的思绪里
飘落在　我默默的敬仰上

五

欢歌　狂舞之后
你终于　寂静了
我知道　你又在
构思那首　永无结尾的
绿色的　诗

致大海

一

大海啊　既然
我的梦　早已被你
打湿　浸透
索性　全身心地
扑向你　化作一叶
不系之舟

二

随你　生命之潮
我追逐　渐逝的青春
踏你　热情之浪
我找寻　少年的欢欣
激我　荡我
你汹涌时　令我
欲癫　欲狂

摇我　抚我
你温柔时　令我
如痴　如迷
我怎能不　醉倒在
你的怀抱里

三

你窅然　深邃里
珍藏着　一颗
瑰丽的心
你淼然　宽广中
交响着　一支
灿烂的歌
在你的　深沉里
渐萌　渐生
在你的　浩瀚中
渐长　渐大
我的爱　捧给你
同样是　永远不败的
雪浪花

1989 年 10 月 6 日梦中有得，9 日追记。

石头吟

沿着　石头
长短粗细的纹理
我找到一个
相反相成的主题

——题记

一

高大为雪山云岭
剑一般直插九重天宇
深远作山涧峡谷
把狂澜轻轻搂在怀里
成就了伟岸辉煌　却
也从不拒绝卑微
常散作沙砾　默默地
任人踩在脚底

二

冷峻里饱含着热情

燃烧的石头把曙色泼向天际
纵然是鸟兽绝迹的悬崖上
也悄悄孕育着春的根须
坚毅的棱角会流淌温柔
在卓荦的雕刀之下
会成各色各样的美丽

三

大理石捧起光洁
汉白玉献上纯净
赤裸的花岗岩　迸出
一地耀眼火星
绝不仅仅是黑色的调子
正像乌云背后藏着缤纷
只待那裂天的闪电
剪裁　七彩长虹

四

鄙视颤抖的灵魂
软化的膝盖
专在胆小鬼面前
设置难关险隘
独钟向前的步点奔腾的蹄花
为艰苦跋涉者

铺　一路希望

五

文明　从石洞中走出来
却又更深地扎进石头里
那沉寂的古岩层下
滚荡着烈火与动力
既然是盘古的子孙
我将一生选择石头
让掘进的钻头作证吧
世界的深度在我手里

1989 年 11 月 23 日

月亮颂

高歌白日久，且作婵娟吟。

——题记

一

属于　想象的翅膀
属于　深沉的灵魂
短视的眸子　浮躁的心
读不懂　她的故事

二

总怕辜负了　太阳
慷慨的　馈赠
光影里　流淌着
一种　淡淡的羞涩

三

敢于正视　自己的缺陷

绝不把初一　说成是
十五的
圆满

四

夜夜　撕一片
彩云　揩拭不停
尽管　早已是
光洁似玉　晶莹如冰

五

给维纳斯　一面
梳妆的　明镜
给丘比特　一柄
寄情的　弯弓

六

牛郎织女们　指望她
送一叶　飞渡轻舟
着迷的孩子　期待她
讲一段　广寒传说

七

一张　夜琵琶
弹圆了　多少
男男女女老老少少的
梦

八

她深知　一个人
唱不好　灿烂的歌
于是隐曜了　从天幕后
请出　漫天繁星

九

她的旋律　诉诸
心灵　敞开胸扉吧
那柔美和弦　将引发
久久的　共鸣

课堂断想

一

谁说空间　只有
几十平方米　这是我
整个的　天空和世界

二

清晨的阳光　射进
课堂　那是红日
准时拉出的　起跑线

三

从孩子们　黑色的
眼睛　我找到了
播种的　土地

四

书声琅琅　伴着彩霞
升起来了　我仿佛听见
果实的　成熟

五

真恨不得　化作
一串方块字　飞进
调皮鬼的　作文簿

六

作业纸上　一只
小小的“√”却能挑起
心头沉甸甸的　欢乐

七

一夜未眠　今早上堂
李白的天姥山　才浮现出
梦一般的　美

八

试卷收回来了　我像
严正的裁判　给自己
一丝不苟地打分

黑板上的歌

粉笔

细细的粉笔下，
有一条奔腾的小河。

层层银波里藏着什么？
智慧的浪花一朵、一朵……

驮起孩子的美梦，
载着时代的重托。

千帆万船从这里启航，
去把祖国的未来探索！

黑板

一方不大的黑板，
一片辽阔的土地！

连着数不尽的工棚、矿井，
连着无边际的沃野、林区……

岁岁年年，为祖国奉献
累累的果实、浓浓的春意！

怪不得园丁们都说：
耕耘它，要付出毕生精力！

唱不完的歌

讲坛

静校的铃声响了
你隐没在暮色里
夜，是你深思的时刻
默默地，你兀立在
孩子们春野似的心田上
唤起阳光下
一丝丝灿烂的记忆
自从，那一位仁者
在杏坛下
栽培起七十二株大树
你便成了
一方光耀历史的圣地
哦，两千五百年了
你这生命与智慧的阳台上
越来越宽广地
向幼芽播撒迎春的热情

给小树灌注擎天的骨力

黑板

你高远无垠的天空
无数滴汗水汇成沛雨甘霖
你春天温馨的沃野
怀抱着多少种子抽芽泛青
你七彩缤纷的调色板
描绘出新世纪的美丽憧憬
整个世界是你的回音壁
山南海北回荡着你的歌吟

粉笔

生命的每一瞬
都在燃烧　燃烧着
白热化的思考
当智慧的星雨
终于散落　散落在
时光的流水里
一条广阔的航道
已在眼前闪耀

笔赋

——为《笔汇》出刊50期而作

在物欲喧嚣、精神贬值的当下，笔成了我最大的念想。

——题记

一

我以我的笔　连同
我的心　投进小城
笔的汇流　好像
一滴水　跃入天边
虹的闪烁

二

抵抗着劳累
抵抗着沉重
抵抗着困惑
笔在黑夜里挺起身来
支撑我们的情绪

让它闪光

三

或为一把
快乐的银钥匙
或为一针
忧愁的发散剂
或为一根
愤怒的导火索
笔呀　从不欺骗
自己的希望

四

写南湾的朗月
如何照进新婚的窗子
写教堂的沉钟
如何敲响小巷的宁静
也写五花八门的赌台上
如何激溅起大悲大喜
也写剥掉羞耻的性器官
如何丰富了商品的内涵
笔最喜欢如鲠在喉的感觉
耐心等待一吐即快的时刻

五

朝暾里有笔的向往
落英下有笔的叹息
礼让中有笔的感动
贪欲间有笔的鄙夷
笔在大时代的边缘拓荒
捡拾被城市冷落的东西

六

何必刻意去“创一流”呢
我们的笔是不系之舟
只在意
有所得而难以言传其奥妙的境界
只在意
笔端开的花在人心里结什么果

七

也许　我们的笔
还很青涩　远不够娴熟圆润
但毕竟　有一篇篇
写实写意直白隐晦有心无心的诗文

定格了　我们的歌哭
留下了　一种
走向成熟的稚嫩

八

请不要
不要计算笔的长短吧
不要用尺子　用惯常的眼光
谁能算得出笔的积累
一本——不，五十本《笔汇》
情有多深　韵有多长

九

我们用笔书写小城心事
日子过得踏实而且快乐
马尔克斯不是说过
一个被写作训练过的头脑
足以认识另一个被写作训练过的头脑
那好，朋友
就让我们在笔底相遇
在书中拥抱

雪白的歌吟

——致圣诞老人

一

小时候
我还不曾识字
就从你
雪白的须发间
读懂了
爱

二

只是由于你
一尘不染的真诚
雪橇划出的
欢乐　才从遥远的北国
直抵人心

三

走来了　沿着
铃声染亮的小路
走来了　播着
漫天叮咚的美丽
走来了啊　背着
一个雪白的节日

四

北风中　捎来
滚烫的情怀
见到你　童年
追逐着雪花飞舞
就连笑声　也
那般晶莹　洁白

五

旋风似的　你走了
空中留下一个大问号
——一个人的降生
该给世界
减几多忧愁
添几多欢笑

撒向百万行

——诗传单

一

走出茶楼　酒店
走出车间　课堂
走出影剧院　游乐场
走出奔驰　尼桑
休言　城小力薄
今日澳门　涌起
公益的江河　海洋

二

一个人　一片
温暖的　阳光
万千人　一颗
火热的　太阳
沿大街小巷　驱赶

忧伤　洗刷着
赌城的　形象

三

让友爱　在每一颗
心中　展瓣
让真情　在每一只
眼里　绽放
伸出你　诚挚的手
把春风　送进
孤弱冷寂的　胸膛

四

我们不信　世上还有
难以排解的　愁苦
听脚步　滚滚如潮
诉说着　我们的热情
木屋区内　铁皮房里
将飞出　一串串
笑语　欢声

五

走上广场　广场阳光灿烂

穿过长街　长街和风煦煦

我们是　春的队伍

浩浩荡荡地　踏响

爱的　旋律

给自己　留下一段

诗意盎然的　回忆

濠江之恋

——献给濠江中学六十周年校庆

一

走进母校、走进母校
心头怎能不掀起百丈情潮
我们这些曾是
无家可归的孩子
调皮捣蛋的孩子
心灰意懒的孩子
在这里得到了
暖烘烘的寄托
殷切切的照料
炭火般的煨烤
濠江啊！吮吸着你的乳血
我们生命的花期才灿放出绚烂的花苞

二

沿着阶梯、沿着阶梯

我们一个个踏向深深思索
楼道被光阴拓宽了
屋宇被时间举高了
漾满彩霞的课室里
已找不到旧时书桌
啊！泥泞中怎样竖起
巍巍然的楼群
啊！荒野上如何长出
现代化的学校
真想听听火色红棉
树下该有多少故事可歌
她却隐没于一片苍翠
谦虚地收起只只铃铎

三

老校长背驼了
从黄土地到濠江
说不清她背过多少孩子
多少孩子在她的脊背上
登 高 望 远
俯首躬身六十载
掮起太重的负荷
在愚昧与智慧之间
搭 一 座 桥
老校长驼背了

四

以小草的坚韧
山丹丹的美丽
从小城，向世界
倾吐出春色无边
六十个寒暑一首诗
艰苦中铸就教育篇
多少人咀嚼崇高底蕴
心中腾起熊熊的烈焰
六月，是火热的季节
刚收获一串充盈的日子
更丰满的岁月又现眼前
顾不上听天南地北的礼赞
濠江，正在一棵棵新芽上
眺望春天

赵州桥遐想

我曾走过多少座桥梁，
在桥上消磨了多少岁月；
从青春似火到满头积雪，
始终缺少对桥的理解。

今天我踏上赵州桥头，
在一个美丽的故事里，
突然惊觉：哦、桥啊！
你的真名原来叫作跨越。

高山挡路——跨越！
激流断航——跨越！
长夜漫漫——跨越！
雄关重重——跨越！

用跨越回答一切困难，
用跨越和美好未来相约；
让冰雪与春天握手，

让现实与理想对接。

——这就是不朽的赵州精神，
——这就是燕赵大地上的人生哲学。
我真自豪，能从赵州桥上走过，
跟乡亲们一起开始一千四百年后的新的跨越！

雪歌

——致梁老雪予

一

天空是银色的
大地是银色的

你来了，你来了
携一路慷慨的给予

面对漫野呼啸默默无言
向朔风展示最高的轻蔑

覆盖住重重叠叠的艰辛
雪被里裹着温暖的期许

二

呕尽满怀晶莹的执着

构思一个美丽的花季

在一片片新叶上
喊出嫩绿的惊喜

在一簇簇花丛间
笑成鲜红的甜蜜

凝也是诗，融也是诗
你永远和春天在一起

三

土层下拾你湿漉漉的诗句
物欲喧嚣时我学会了冷静

树梢头听你绿茸茸的歌唱
孤独烦闷里我懂得了进取

啊！望着你洁白的关注
冻结的美梦又重新燃起

啊！追踪你生命的轨迹
疲惫的日子竟长出翎翅

四

灼痛我渐积渐深的狭隘
驱散我时起时伏的迷离

——你这白色的火焰哟
道道闪烁都照彻我的心扉

人究竟该怎样与“爱”对称
你的真诚扯出我长长的思绪

我要细细地读你、读你
也把诗行写进自己的履历

1996年3月20日梁老九十华诞即兴

面对八十五岁

——致季羡林老师

八十五岁高龄
一座诗化了的心的造型
不必说什么博大精深
每一天都是自己的高峰

灯光拉开的起跑线
比太阳还要早
你用所有的匆忙
编织夸父的故事
读着你，便
读到了你的呼吸
你的步履
你的太深地执着于奔腾的
倔强的生命

你真诚融化的日子

一滴滴，滴成
春雨，润湿了我
感觉的触角，它便
春草般涌向你的心田
拥抱你那真正属于人的
灵魂

风风雨雨，打磨掉
我太多的感动
但我却不能不感动于
你不息的激情
人过中年，常常嫉妒
后生小辈的年轻
此时此刻，我偏艳羡
你八十五岁的高龄

面对八十五岁，我想到自己
很远，很远
很深，很深
如果也活到八十五岁
能否如你一样，依然醉心于
爱的追求，美的耕耘
给世界奉献一部
人生雪线上的歌吟

面对八十五岁，我真羡慕啊

岁月的流水，漂洗不掉
你理想的光彩
白发的积雪，冷却不了
你火热的青春
你那燃烧的岁月
化作了诗的永恒

面对八十五岁，心头腾起
一阵阵感激之情
谢谢你，我的老师
是你，让我这个
有着太多叹息的人
萌生出对八十五岁的
美好憧憬

绿色的歌

——致芃子老师

芃，草盛也。

——《说文》

芃芃美貌，长大也。

——《诗·陈奂传注》

一

面对完美，尽管
我们缺少更完美的歌吟
陈旧的想象里，却
绽放着滴露的芳馨
献给你，芃子老师
瓣瓣心香献给你
那本是——
你绿色生命映照的万紫千红

二

芃子，一个多么素朴而美丽的名字

芃子，一个多么扎实而蓬勃的名字
芃子，一个“野火烧不尽”的名字
芃子，一个“春风吹又生”的名字
六十二岁，从这个漫长的字眼里
我们竟找不到一丝皱纹
老师，你的爱和你的日子
就像四十年前一样年轻

三

哦！四十年，一种春天的坚定走向
哦！四十年，一项倾心的绿化工程
在典籍不断贬值的年代
你执着地追求着：芃芃，芃芃
在物欲日益喧嚣的时刻
你顽强地生长着：芃芃，芃芃
绿，是你美丽人性沉淀的信仰
绿，是你不老季节连缀的生命

四

你绿色的意念
打湿了多少枯涩的向往
你阳春的呼唤
振作了多少早衰的年龄
你辽阔的碧野

拓展了多少狭窄的心胸
拥抱你厚重的绿意
谁能不敞开生命的本真

五

你清晰你明亮你一览无余
你朦胧你含蓄你底蕴深深
有如一座神秘的磁场
吸引着纯粹和真诚
你那绿色之原哟
是永远也读不完的课本
读着它，就像鱼儿读着海阔
读着它，就像鸟儿读着天空

六

什么是最大的幸福
什么是真正的青春
芃芃、芃芃
芃芃、芃芃——
草茎上起伏着感人的故事
叶脉里流淌着挚爱的奏鸣
四十年做出的响亮回答
我们在绿潮声中倾听，倾听

七

面对完美，虽然
我们缺少更完美的歌吟
在那被感动的洁白稿纸上
却写下了我们坚定的应承：
你绿色生机濡染了我们
定将转化为奔跑的生命
我们是吃你的青草长大的
就要像你一样驰骋纵横

1998 年 5 月，欣逢饶芃子教授
教学四十年纪念有作

思追鹏翥十九联语

一鹏翥而去，万绪追以还。

——题记

昨夜一樽曾共对
今朝千里竟永诀

诗书执礼斯文斯雅
直谅多闻亦友亦师

读书穷理期用世
做事平心慎待人

尤喜松间明月
不论身外浮云

寻理趣自细微以内
学忘机于澹泊之中

开卷四边净土
闭门一座春山

有为时能有弗为　乃成大有
知足处更知不足　越见真知

天空海阔一陋室
语短情长千字文

掌故入微遍得趣
美文知著自超群

灯红酒绿且看泼墨
纸醉金迷使闻晨钟

春耕无间　殷殷勤勤播心事[①]
夏耘不辍　恳恳切切盼大成

文章老成唯积厚
品格高贵只率真

建言从来和风细雨
献策总是远瞩高瞻

鬓边但凭雪飘落
心头且待诗飞扬

---

① 春耕、夏耘，是李鹏翥先生发表短论的笔名。

砚席相共　笔健撑一会[①]

琴樽雅集　心宽纳百家

学贯古今　集思广益多面手

缘结中外　触类旁通一杂家

领军多方　动静胸中罗象纬

坐镇一社　坚柔笔底起风云

与小城相期千秋事

共后学同读万卷书

思把臂　悲乎君去矣　灯花连夜虚明灭

望云天　哀哉人杳然　寸心终日苦缠牵

临颖彷徨，2014 年 11 月 1 日夜于大潭山麓

---

① 鹏翥先生是澳门笔会创办人之一，任该会会长。

敬悼李成俊先生（联语一束）

星沉濠水畔
月冷松山头

松山永固志芳德
濠水长流吟雅风

少时早怀待旦志[1]
老来更系枕戈心

心直口直腰板直　直天直地
气正义正人格正　正己正人

周旋世界圆最美
恪守丹心方更真

格高天地阔

---

① 先生有《待旦集》行世。

情重山岳轻

无傲气无闲气无俗气　斯为大气
不徇情不矫情不寡情　乃见真情

常三思于未然
虽百折而不回

务求所以于万事万物
必弃然而之一心一思

有才还爱才　一派云山风度
尚智更尚德　千秋松柏精神

千篇笔走心似雪
一纸风行口如碑[①]

披肝胆　会友以笔始创笔会
宽襟抱　人心恒仁终成仁人

为人有道唯醇厚
处世无奇但率真

离乱岁月曾作同袍咏[②]

① 先生 1958 年与友人创办《澳门日报》，并任社长。
② 《诗·唐风·无衣》有“岂曰无衣，与子同袍”之句。

盛世年华续写爱国诗

博闻强志　能传闻所未闻之闻
深思熟虑　善启思所未思之思

轻颦浅笑无俗韵
碎语闲言有清音

企慕高风　黎庶亲芝宇
思追德范　小城铭慈仁

2016 年 1 月 3 日凌晨

痛悼钱谷融先生（联语一束）

一

沪上雨殒泪

濠畔风追魂

二

肝胆立异，曾惊天下学术界

笔砚如常，恸绝平生忘年交

三

文学是人学，一句话竟高燃，直至薪尽

君心非二心，数十年长恪守，终见火传

四

励风霜犹见节劲

垂世教全凭志坚

五

真理在握，何愁文章久零落

丹心怀宇，且向陋室暂逍遥

六

其言其行其风略无浮尘假相

其志其理其范尽显本色真儒

七

正气存松柏，先生溘然去知己

伤心悲学问，吊客何堪向锦江

八

韶华只为一句话

青春唯建百岁功

九

文学人学论而不倦

常理真理持之以恒

十

人生散淡如水
城府欢悲自坚

十一

高德振世，恂恂朴茂，一派春风蔼吉
雅度熏人，抑抑谦和，几番化雨温良

十二

方冀师训循循　雅教常聆
讵知鹤驭迢迢　辀幪顿失

十三

壮哉，晚景如诗，胸间犹铸英雄志
惜乎，夕阳似画，壁上空悬百寿图

十四

邮程两地　未凭絮酒酹轸臆
泣联一束　端寄穗帐放悲声

这一天

——写在香港回归祖国的时刻

一

这一天，让多少人
艳羡诗人
艳羡歌手
艳羡画家
又让多少诗人歌手画家
自叹不是诗人
不是歌手
不是画家
哦！这一天——
一切言说中最美丽的言说
一切咏歌中最动人的咏歌
一切色泽中最绚烂的色泽

二

我们想你梦你，这一天

我们呼你唤你，这一天
相思的月亮断人肝肠
挂满了
一百五十年的每一个
夜晚
在痛楚中奋进
在奋进中企盼
一代人倒下了，又
一代人挺起腰杆
牵系着祖国母亲的魂魄
这一天亦忧亦喜
涌动着亿万儿女的思念
这一天亦悲亦欢

三

是戏剧性的巧合吗
还是历史性的必然
七十六年前的
七月一日
一条普通的木舟悄然驶入
风雨中的嘉兴南湖水面
七十六年后的
七月一日
一艘皇家的游轮黯然驶离
黎明前的维多利亚港湾

驶入的，诞生了满湖
共和国的希望
离去的，载走了一船
破碎了的梦幻
这一天哟
也许是戏剧性的巧合吧
但肯定是
历　史　的　必　然

四

从漫长岁月里筛选出来的日子
你可掂得出它的分量
这一天完成的焊接工程
出自那位身材矮小的
巨人的
伟大构想
一千平方公里的土地，连同
万千楼宇托举的天空
已容不下六百万颗心
由大街小巷穿过往事
奔向母亲身旁
这一天哟
过去与未来相会
离散与重逢合唱
回忆与憧憬交响

五

看奇耻大辱离我们远去
见深情挚爱在到处燃烧——
这一天，是令人陶醉的大笑
愿东方明珠继续流光溢彩
盼祖国母亲更加强大富饶——
这一天，是发人深省的问号
听！盛开的洋紫荆
感动着所有的锣鼓
大球场的轰鸣
漫上了太
　　　　平
　　　　　山
　　　　　　腰
一声，一声，高扬起
香港人的冲劲和自豪
这一天哟
在彻夜的狂欢之后
将从希望的码头
重新启锚

1997 年 6 月 30 日急就

这一天，莲花在午夜熠熠开放

——写在澳门回归祖国的前夕

一

这一天
莲花将在午夜熠熠开放
哦——
这是太久
太久的思念之后
小城初绽的
笑靥
这是太长
太长的夜的终端
妈港第一抹
曙色
这是太多
太多的苦难之余
澳门街流溢的
神采

这是太深
太深的耻辱尽头
澳门人高唱的
欢乐
哦哦——
这是翩翩
翩翩起舞的游子
飞向故土的裙裾
这是高高
高高飘扬的五星红旗
亮丽光影的
反射
这是烈烈
烈烈如炽的濠江儿女
亲吻母亲的
红唇
这是熊熊
熊熊燃烧的万千颗心
捧给祖国的
圣火
这一天啊
午夜将盛开莲花朵朵

二

是的，这一天

正朝我们大步走来
而澳门的记忆
漂浮在时间的悲怆上
鹄望渴盼
填不满
残缺的月
泪淌成河
载不动
思乡的船
座座炮台
支撑起
小城天空
威压着
千门万户
松山灯塔
导引而来的
是友好的樯桅
还是强盗的炮舰
说什么
“人离乡贱”哟
曾几何时
我们站在家门口
已经一文不值了
整整
四百四十六个寒暑啊
我的笔管

滴不尽
苦涩的字
不是说
“人穷鬼富神位高”吗
包公祠里的
铁面青天
可断得了
严亚照命案[①]
一个活泼泼的中国少年
悲惨地遇害了
为什么
双手沾满鲜血的
法瓦乔少校
竟能够逃出生天
关帝庙内的
正义之神
可挡得住
西洋的火炮榴弹
为什么
你那锃亮的青龙偃月
竟放过了
一次次
冲抢关闸的凶顽

---

① 严亚照案：1826（清道光六年）年初，在澳门的华人少年严亚照被葡萄牙少校法瓦乔（Favacho）杀害，凶手竟逍遥法外。

女娲殿中的
五彩巨石
补得了青天
补不了“情”天啊
小城灿烂的花事
溅着
姊姊妹妹的辛酸
观音岩上的
菩萨脚印
见得出神的去向
见不出人的归途
是谁在唱
“月出濠镜开”啊
茫茫海面上
映现着
历史的
伤痛
和怅惘……

三

不必说
昨天的一切
都是耻辱
和眼泪
往事里

醒着
一个民族的
尊严
那古老
而又新鲜的
掌故
在四百年的
呐喊中
流动
时时告诫我们
如何做人
西草湾[①]的雪浪啊
将柯荣、王应恩的名字
传唱成
波澜壮阔
骁将指挥的勇士
把猖獗的海盗
和猖狂的野心
一起埋葬在
海底深渊
荷兰园的街道啊
蹚出一路
踏踏马蹄

---

① 西草湾之役：1523年（明嘉靖二年），葡萄牙人别都卢率海舰五艘、部属一千余人入侵西草湾，明备倭指挥柯荣、百户王应恩等率军反击，获全胜。

滚滚步武

林则徐凛然走来[①]

短短三个时辰

惊破了

多少鸦片贩子的梦幻

望厦村[②]的夜风啊

至今播扬着

怒拒入编西洋户籍的喝呼

“知守义团”守住了

最最宝贵的

自尊和自主

前山上的石碑啊

至今闪耀着

沈志亮[③]的胆气

那坚挺的碑身

睥睨着

世间的媚骨奴颜

啊，啊

让我们

---

① 林则徐巡阅澳门：1839年9月3日（清道光十九年七月二十六日），钦差大臣林则徐偕同两广总督邓廷桢，统领将备管带弁兵巡视澳门事件。

② 望厦村：澳门重要古村落，又名旺厦。1883年，该村为澳葡当局据占，并将居民编入西洋户籍，该村居民组织“望厦民知守义团”反抗，持续至1908年前后。

③ 沈志亮（生年不详—1849年）：广东香山下恭都龙田村（今属澳门）人，又名沈亚米。鸦片战争后，不满葡人扩占澳门界址以修路为名挖掘居民祖坟，与郭金堂等六位农民合谋，于1849年8月将总督亚马留刺杀于澳门莲峰庙旁。

再一次走进莲峰庙
去看一看
林则徐拍案的
原则和勇毅[1]
让我们
再一次造访郑家大屋
去听一听
郑观应歌吟的[2]
倔强和奋起
让我们
再一次瞻仰孙中山纪念馆
去把“以平等待我之民族”的追求
牢牢记取
啊，啊
往事如烟消逝
积淀在心底的
是无价的骨气
不要说
没有赶上风雨如磐的岁月
我们不怕如磐的风雨

---

① 同前页注③，林则徐一行，驻莲峰庙正殿，接见澳葡理事官，向理事官申明禁令，谕以安分守法，不许囤贮鸦片，不许徇庇奸夷。

② 郑观应（1842—1922）：中国近代思想家、实业家、经济学家。生于广东香山雍百乡。少年时在澳门读书，常以诗抒怀。其代表作《盛世危言》以富强救国为主题，在当时振聋发聩，风行全国，对维新变法运动产生了深远的影响。

四

澳门确实非常狭小
狭小的是她的经纬
澳门却又无限广阔
广阔的是她的心地
我们不想徘徊在
恩恩怨怨的往昔
尽管胸中留存着
刻骨铭心的记忆
我们无暇纠缠在
无休止的争执中
因为心里期待着
澳门迅速的崛起
我们欢迎利玛窦[①]
欢迎他带来西方文化
连同自鸣钟里的乐曲
三棱镜下的虹霓
后继者们将会看到
当年他上岸的码头
铺设得更加宽阔

① 利玛窦（1552—1610）：明末来中国的天主教耶稣会传教士。他初到中国，带来自鸣钟、三棱镜、浑天仪、时晷、志图等器物和大量西书，开始了明季西学东渐的新纪元。

美丽

我们尊敬贾梅士[①]

尊敬他送来精美诗集

连同诗行间的深情

吟哦中的挚意

白鸽巢公园的青石洞

早就蓄满了

路人的敬礼

我们感谢飞南第[②]

感谢他创办《镜海丛报》

连同他对孙中山的热心支持

对辛亥革命的热烈期许

岁岁清明时节

圣美基园都铺满鲜花

祝愿他在小城安息

我们钟爱中式的雅室

也喜欢西式的洋居

后背村中的住宅博物馆[③]哟

那五座美屋擦拭得

---

① 贾梅士（1524—1580）：葡萄牙杰出诗人，1556 年到澳门。传说他居澳期间，每于公余闲暇，常到今日白鸽巢公园之贾梅士石洞下低回吟咏，并在石头上进行创作，完成著名叙事长诗《葡国魂》。

② 飞南第（1863—1923）：世居澳门的葡萄牙人，孙中山的挚友。1895 年 10 月，广州起义失败，孙中山潜往澳门飞南第处，飞南第护送他到香港，脱离险境。

③ 氹仔住宅博物馆：建于 1921 年，前身为澳门土生葡人家庭的住宅。屋内陈设充分反映了 20 世纪初期华洋杂处的文化，家具中西合璧。

窗明几净
我们热爱汉语
也看重葡语、英语
一句乡音
能催人泪下
双语交谈
把话直送到心里
我们最馋广东的乳猪
也常吃葡国的焗鸡
我们爱喝铁观音、碧螺春
也会痛饮葡萄酒、威士忌
茶楼、餐厅是我们
迎新叙旧的好去处
来这里做客的
都是朋友
为澳门出力的
都是兄弟
我的
讲汉语、葡语、英语的
朋友和兄弟啊
请允许
我顿挫的情歌
将你的臂膀
紧紧挽起
去迎接

一九九九年十二月二十日的
璀璨晨曦

五

这一天，午夜零时
四十万儿女要回家了
思念铺成的
漫漫长路啊
已近终点
历史赠予的
小城花季啊
含苞待放
天南地北的锣鼓
响彻九霄云外
漫山遍野的歌声
汇成海潮奔腾
祖国敞开怀抱迎接儿女
我们披星戴月扑向母亲
亿万双眼睛
对准了濠镜聚焦
澳门的名字
正被全世界倾听
而此刻
未来特区政府办公大楼里
灯火通明

彻夜不熄
风华正茂的行政长官
和他的助手们
正在伏几工作
苦苦构思
怎样将案上灯光
与黎明的彩霞相融
怎样率领乡亲父老
勇敢踏上新的里程
这是何等神圣的历史时刻啊
一分一秒
都将感动我的一生
在这庄严的历史瞬间
我怎能不想起那些
属于澳门的先人——
孙中山如果能来
他那
曾是忧思密布的脸上
必将云消雾散
挂满
欣慰的笑容
冼星海如果能来
他那
谙熟黄河旋律的手臂
必将高高扬起
指挥我们

欢唱《回归颂》
林则徐如果能来
他那
气壮山河的襟抱
势必燃起艳羡的冲动
他会捋着苍髯
竖起拇指
发出
赞叹连声
哦，要是那位
身量不高的老人能来呀
他准得去
听听“灯塔松涛”
看看“妈阁紫烟”
踏踏“镜海长虹”
……
然后
踱进茶楼
用浓重的川音
同阿叔、阿婶
阿哥、阿妹
倾呀倾……[①]
我骄傲
我们是无数伟大先人的后人

① “倾”：粤方言，谈话的意思。

我深信

澳门是无愧伟大民族的澳门

真正的早晨即将开始

祖国啊

请看我们

坚定的脚步

矫健的身形

六

这一天

莲花将在午夜熠熠开放

哦——

多少回疾风劲扫

多少次骤雨锤锻

这一天啊

出污泥而不染

多少次星移斗转

多少天日思夜盼

这一天啊

美得辽阔而新鲜

多少张图描穿了纸

多少幅画用尽了色

这一天啊

是一轴宏伟画卷

多少支歌唱哑了喉

多少首诗写断了笔

这一天啊

凝结着万语千言

哦哦——

这一天

是一个红润的青春期

谁能辜负历史的期许

这一天

是一个开不败的花季

永远盛旺着勃勃生机

这一天

是一种值得自豪的拥有

鲜红嫩绿全属于我们自己

这一天

是一种最佳抒情的方式

瓣瓣温馨是给母亲的献礼

这一天啊

莲花将熠熠开放在午夜里

1999 年 12 月 12 日凌晨急就于澳门大学

走进祖国

——献给《同一首歌》走进澳门大型演唱会

走进祖国
从雄壮的悠扬的缠绵的
婉约的歌声
我们走进祖国

走进祖国
走进无忧无虑的童年
再做一回祖国的花朵
走进昼思夜想的故乡
重拾一回乡间小路上的牧歌
走进篱笆墙的影子
把醒着的往事捕捉
走进外婆的澎湖湾
请老人家继续娓娓动听的传说

走进祖国
走进俊俏的新媳妇的屋里

分享她回娘家的喜悦
走进敞亮的祝酒大厅
共饮那胜利高歌的欢乐
走进芦笙吹响的地方
侧耳倾听情意绵绵的恋歌
走进一望无际的草原
全身心沉浸于那美丽的夜色

走进祖国
走进风刮雪卷的冰峰
看红花傲放的坚贞品格
走进蒙山沂水的怀抱
看山高水长哺育的硕果
走进万水千山总是情的神州
亚洲雄风正从这里吹过
走进同一首歌的宏伟旋律
我们向快乐出发　去收获快乐

走进祖国
李光羲的歌是我的歌
李谷一的歌是我的歌
陈红　梦鸽　解小东　佟铁鑫
王杰　文章　田震　黄伟麟
李克勤　容祖儿的歌
都是我的歌　我们的歌
我用我的心——

和你们同唱一首歌

无论是民族的　美声的　通俗的

我们鲜明突出的个性

融化在一个伟大的概念里

那就是：祖国　祖国！

后 记

我不是诗人，但喜欢写诗。在这个“写诗的比读诗的还多”的时代，我能成为一个“写诗的”，真是幸甚至焉。诗意的追求，让我感到这世上确有比赚钱更重要的事。

我不揣冒昧，忝将《滴水集》掬出付梓，一是想作为一种文学现象，为澳门文学研究留下一点可供参考的“资料”；二是希望给后来的“写诗的”提供一点不成功的经验教训。

感谢谢冕、孙绍振和吕志鹏三位先生为本书作序。谢、孙二序写于九十年代末，对最初版本多所鼓励，体现出学长们“亦师亦友”的深情厚望；吕序则是近日写就的对修订本的评骘，这位年轻的澳门本土批评家，以一种新的视角和眼光观照本书，委婉、巧妙地提出了中肯的意见。当然，三序皆不乏溢美之词，权当诗友们的期待和鞭策可也。

最后还要感谢这套丛书的执行主编穆欣欣小姐，正是她的热情催促，提高了我出书的勇气，加快了我整理诗稿的速度。

是为记。

2018 年 1 月 17 日

图书在版编目（CIP）数据

滴水集 / 李观鼎著. -- 北京：作家出版社，2019. 5
（澳门文学丛书）
ISBN 978-7-5212-0242-7

Ⅰ. ①滴… Ⅱ. ①李… Ⅲ. ①诗集 - 中国 - 当代
Ⅳ. ①I227

中国版本图书馆CIP数据核字（2018）第224166号

滴水集

作　　者：李观鼎
责任编辑：宋辰辰
装帧设计：棱角视觉
出版发行：作家出版社有限公司
社　　址：北京农展馆南里10号　　**邮　　编：**100125
电话传真：86-10-65067186（发行中心及邮购部）
86-10-65004079（总编室）
E-mail:zuojia@zuojia.net.cn
http://www.zuojiachubanshe.com
印　　刷：保定市中画美凯印刷有限公司
成品尺寸：133 × 214
字　　数：114千
印　　张：7.25　　**插　　页：**4
版　　次：2019年6月第1版
印　　次：2019年6月第1次印刷
ISBN　978-7-5212-0242-7
定　　价：36. 00元

第一批出版书目

王祯宝《曾几何时》

水　月《挥手之后还会再见吗》

邓晓炯《浮城》

未　艾《轻抚那人间的沧桑》

吕志鹏《在迷失国度下被遗忘了的自白录》

李成俊《待旦集》

李宇樑《狼狈行动》

李观鼎《三余集》

李鹏翥《澳门古今与艺文人物》

吴志良《悦读澳门》

林中英《头上彩虹》

赵　阳《没有错过的阳光》

姚　风《枯枝上的敌人》

贺绫声《如果爱情像诗般阅读》

袁绍珊《流民之歌》

黄坤尧《一方净土》

黄德鸿《澳门掌故》

梁淑淇《爱你爱我》

寂　然《有发生过》

鲁　茂《拾穗集》

穆凡中《相看是故人》

穆欣欣《寸心千里》

以上按作者姓氏笔画排序

第一批出版书目

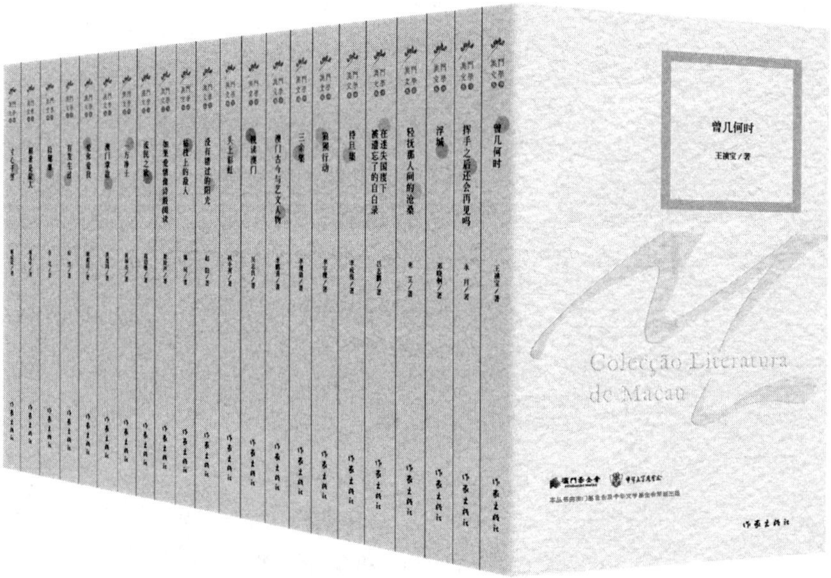
曾几何时
挥手之后还会再见吗
浮城
在迷失国度下被遗忘了的自白录
诗且集
狼狈行动
澳门古今与艺文人物
天上彩虹
没有错过的阳光
如果爱情像诗般阅读
一方净土
Colecção Literatura de Macau

第二批出版书目

太　皮《神迹》

尹红梅《木棉絮絮飞》

卢杰桦《拳王阿里》

冯倾城《未名心情》

朱寿桐《从俗如流》

吕志鹏《挣扎》

邢　悦《被确定的事》

李烈声《回首风尘》

沈慕文《且听风吟》

初歌今《不渡》

罗卫强《恍若烟花灿烂》

周　桐《除却天边月没人知》

姚　风《龙须糖万岁》

殷立民《殷言快语》

凌　谷《无边集》

凌　稜《世间情》

黄文辉《历史对话》

龚　刚《乘兴集》

陶　里《岭上造船笔记》

程　文《我城我书》

程祥徽《多味的人生之旅》

以上按作者姓氏笔画排序

第二批出版书目

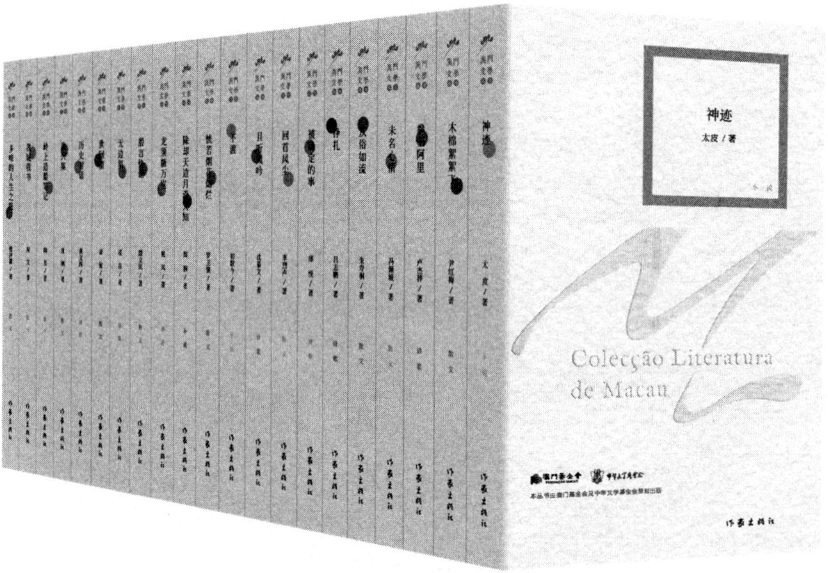

第三批出版书目

太　皮《一向年光有限身》

李文娟《吾心吾乡》

何　贞《你将来爱的人不是我》

陈志峰《寻找远方的乐章》

吴淑钿《还看红棉》

陆奥雷《新世代生活志：第一个五年》

杨开荆《图书馆人孤独时》

李嘉曾《且行且悟》

卓　玛《我在海的这边等你》

贺越明《海角片羽》

凌　雁《凌腔凌调》

谭健锹《炉石塘的日与夜》

穆欣欣《当豆捞遇上豆汁儿》

以上按作者姓氏笔画排序

第三批出版书目

澳門文學丛书